Stamatios TZITZIS

Les Embruns

De Kos

Poésie

Buenos Books International
www.buenosbooks.fr

Editeur: BUENOS BOOKS INTERNATIONAL, PARIS
Tél: 01 45 41 11 76, Fax: 01 73 76 90 84
E-mail: info@buenosbooks.fr
http://www.buenosbooks.fr

1ère édition
couverture souple brochée 2007:
ISBN: 978-2-915495-43-0

1ère édition électronique 2007 :
ISBN : 978-2-915495-44-7

Dépôt légal: 1er trimestre 2007

A

TOUS CEUX

QUI M'ONT INSPIRÉ

POESIE

Le doute tisse la distance entre deux mains qui prient au désespoir.
Je feuillette le temps qui nous sépare.
Tu seras comme des pièces d'or parsemées sur le sable de Kos
Et des poignées de bleu qui lèchent les chevilles.
La douceur des moments morts fait des images
Décor muet dans mon regard
Qui te cherche dans un plaisir abandonné

Un frisson qui transcende une nuit d'été
Je te retrouve dans l'illusion stagnante
Sur mon corps comme des baisers qui blessent.
Approche des voix, promesses de sourire.
Comparses d'un théâtre nocturne, nous ciselons le silence
Avec l'acier de la volupté.
Sans musique, lune voilée par les ténèbres pudiques
Secret coupable qui récidive
Une vie penchée sur des mains fermées.

Un cri étouffé dans les pas qui s'éloignent.
La sueur de désirs qui cherchent des fantômes et des ombres
Tard dans la nuit.
Il me reste à fermer les yeux et revivre
L'interminable nuit transfigurée.
6/7-10-2001

J'aime errer dans tes rêves,
Où les paroles n'ont pas de sons
Et les secrets sont transparents.
J'aime être la goutte de ta sueur
Un soupir soudain de ta fatigue
Un brin de mémoire qui te tourmente.

La nostalgie m'envahit
Comme une deuxième vie
qui s'en va avec toi.
07/08-10-2001

Le temps se mesure aux souvenirs. Les distances se rétrécissent dans l'immensité du désir. L'instant de repli dévoile un bouquet d'images.

L'amour trompe le silence du regard, et la fièvre de mes lèvres. Dans ton toucher qui enferma le parfum de la montagne, dans le vent qui isola nos paroles, dans la sueur des corps éveillés par les passions de la nuit s'installa la mémoire.

Sur le sable de Kos tu joues avec des fils d'or et le bleu des vagues de la mer. Tu as volé la lumière pour en faire ton sourire et apparaître comme solstice estival.
L'absence est la douleur du souvenir noyé dans le vide d'une distance insurmontable.
La mort rejoint l'absence des images d'antan. J'oublie le temps dans tes paumes ouvertes qui étanche la soif du sel.

Je suis tout nu sur le sable de Kos. Nudité et solitude ornent le créneau des chevaux de la mer. Des poètes anonymes écrasent les rêves d'été. Tout redevient tristesse hivernale. Tout recommence dans l'abandon involontaire.

De mes ennemis, seul, le temps ne m'oublie point. Nacré dans les étangs, il reflète l'écume de ma nostalgie.

Lorsque le rêve perd ses perspectives et que la vie devient ligne directe, l'immensité du moment rétrécit dans la nostalgie. Les lèvres balafrées goûtent alors des bruits imperceptibles qu'une vie rebelle au néant peut entendre.

Une voix écrit des mots inavoués sur le sable de Kos et vient vibrer sur les paumes séchées par le désir. La pensée s'élargit à ton image. Tu débordes dans l'émotion qui me limite au labyrinthe de la douleur. A travers les paroles, je réveille mes faiblesses.

Je cherche la distance sur ta peau brunie par la soleil et les éclats de tes lèvres. Je veux goûter le sel qui ruisselle dans ta sueur scandant mon épiderme.

La volupté grandit dans le silence. Ton dernier regard a gardé la mémoire de la lumière qui célèbre les noces avec la lune.

27-09-2001

Les sons s'évanouissent dans l'émotion et la pensée dort sans rêves. Ce que tu laisses dans le temps devient racines. On lave les morts avec du vin rouge en Grèce . C'est le sang de racines remplies de liberté.

Chaque mort est une mémoire de joie et de tristesse. Elle est semence d'une terre sans sentiments ni parole. La terre c'est le silence qui grandit d'abandon et de tristesse. La terre vaut du sang comme le vin des libations.
Terre de puits d'une musique quotidienne qui frémit et pleure.

La terre est la mémoire et l'oubli. La volupté et l'abstention. La terre est l'espoir. Le pain des affamés.
Elle écoute les cris.
Fleurit de mort la terre, et ruches abondent d'espoir.
Le miel de l'histoire est amer comme la mère du soldat inconnu.
09-10-2001

Un jour tu ne viendras plus
comme la pluie qui trompe le sol aride
comme le silence tué par les soupirs
de ceux qui attendent.
Un jours tu ne viendras pas
les mains dans les poches
l'horloge qui sonne
mes livres parsemés.

le vent de Kos qui s'abat sur les fenêtres.

J'ai volé un éclair de tes pensées
brin de miroir brisé.
j'attends d'entendre des notes inachevées
Dans ton sourire, il y a un enfant mort.
Tu es sans espoir.
Je cours des prés.

Je ne te parlerai plus
bruit de vent qu'emporte la mer
et sur le sable
je laisserai sans soupir
le bleu de tes yeux
que j'ai volé, une nuit.
Tu ne viendras plus
je garderai
la nudité de ton corps
Voyageur sans destination
tu emportes le bleu de la mer
et le blé d'or des champs de Grèce.
Tu savais parler avec des sourires
et des caresses chaudes comme le sable

de Kos estivale.
Ce soir
le temps pluvial de Paris
parcourt ton visage.
Visage qui sent la solitude nocturne
des hirondelles, orphelines
de lumière.
Je deviens repère de l'amertume
qui blesse tes lèvres.
13-10-2001

Sur ta peau
mes doigts cherchent
des notes tendres de volupté.
Le parfum d'un soupir
remplit ta bouche.

Tu cours les rides de mon visage
dans une fièvre sans retour.
Ainsi, nu et extasié par l'amour
tu restes image qui comble
une intervalle mortelle de solitude.
14-10-2001

Un désir inachevé au bout de la distance.
Une paume ouverte séchée par le vent
qui emporte des fantasmes inavoués.
Le cri sans tonalité ni paroles
devient vitriol qui déforme.
A présent ton visage perdit ses traits
et son sourire.
La volupté embellit les yeux qui disent des mensonges
et effacent la magie des rencontres.
27-10-2001

Chaque gorgée de souvenirs
devient vin sans couleur
ni parfum.
Juste pour sentir
le goût définitif
de la séparation.
27-10-2001

J'ai déserté la lumière. La couleur-bronze des rideaux dans le salon, la cruche poussiéreuse et les fleurs jaunes sur le bord de la fenêtre sonnent l'ennui. La musique de mes pensées, les vieux fantasmes et l'icône de l'archange exhument la nostalgie.

Je suis suspendu à la minute en quête d'éternité.

Les hommes, figures sans visages, suintent le combat de la survivance. La terre nous reste fidèle avec ses cafards.
12-11-2001

Tu cherches d'autres corps.

Dans les sillons de ta sueur remplie d'arômes, je sème la nostalgie
comme un venin d'amertume qui fait faner la volupté pour d'autres.
Tu cherches d'autres bras.

Au bout de tes doigts qui sèchent les souvenirs, ma solitude enfantera des hippocampes. Je couvrirai ta nudité avec l'écume de la mer.

Tu pars pour d'autres pays.

Je deviendrai hirondelle, cri de vent, larmes d'orage.
Voile de ciel qui veille les morts nuages.
21-11-2001

Nous sommes les maudits de nulle terre
Notre fierté est un hara-kiri
Et les rubis sur la peau d'ivoire
rutile de volupté.
Le néant scande nos plaies où
la cannelle et le jasmin brodent
des frissons.

Mer de prières et de cauchemars
chaque promenade nocturne
parmi les statues des éphèbes.

Les souvenirs fondent la neige
ces moments de solitude
quand le corps trahit l'image
de nos années bien mortes.

Les heures sont orphelines de musique
la lumière se rétrécit comme le rêve qui s'évapore

dans l'effort limité d'un enfant.

23-11-2001.

Il est des heures de silence
lorsque la nuit se noie en solitude,
et le désir, vin et drogue envahit la pensée
Le corps scintille et arme de volupté
les images qui disparaissent dans le vide
d'incomplétude.
Les pierres recevaient la fièvre des ombres
corps meurtris comme des serpents qui attaquent.
La volupté broie mes poignets.
Ivre de tes soupirs qui effleurent ma peau
j'apprends les secrets de ta sueur.

23-11-2001

Ces nuits de Kos pleines d'humidité d'autres jours.
Tes cheveux bouclés dans mes paumes et la musique,
alors présage inconnu et ignoré de ton absence.
Au fauteuil vide l'Archange me dévisage.

23-11-2001

Tu ressembles à une photo jaunie
par l'éloignement de mes songes.
23-11-2001.

L'espoir jette les amarres sur mes souvenirs
où une hirondelle brode des messages
deux soleils bleus dorent la rétine du monde.
Roses rouges mon sang qui blesse le sable de Kos.
23-11-2001

Je cède au silence quand l'ombre des morts
surgit des souvenirs.
23-11-2001.

Une nostalgie plane sur le sable de Kos
les jours de septembre.
L'eau attardée sur les bords d'une mer qui se retire
inlassablement jetée d'encre diaphane jutée de soleil
fatigué.

Les mouettes qui conspuent et défient les plaisirs
inassouvis dans les cachettes.
Le mugissement des vagues, corps écumés qui charment

les pensées inavouées.

Nous sommes déserteurs d'un mystère

qui cache le néant.

24-11-2001

La mort de Françoise

La mort baisse les volets

amère, l'obscurité des souvenirs.

Un regard laissé à l'abandon

encercle ton fauteuil.

Des miettes de vie d'autrefois

clouent des touches inaperçues,

Il y a un bleu qui prédomine

avide des cris du temps qui nous emporte.

Sur ta photo

nos empruntes

écailles de tendresse

sans retour.

Un requiem sans soupirs

ni larmes

faufile l'éternité.

11-07-2001

Tu t'en allas oubliant
un regard invisible
suspendu au mur.
rempli d'étoiles.
Les nuits d'hiver à Kos
une voie lactée trace les contours
de tes lèvres.

Tu renaît chaque fois
que ma plume court
les espaces enneigés
de tes paroles.
25-11-2001

Je fuis les vents qui sèchent le désir des corps luisants de quelques prostituées sur le sable de Kos.
Dans chaque regard pudique, la jouissance asperge de sang fiévreux
Et les organes génitaux travaillent comme des machines infernales.
l'enfantement est le péché mortel de l'humanité.
26-11-2001

Tout est immobile comme dans une photo
de personnes d'un autre monde, irréelles
telle la tristesse des rêves.
Exilé au bout du paysage,
je vois les corps qui s'habillent des vagues diaphanes
pour tromper le soleil.
Je suis en dehors de cette vie
comme le mort qui visite les souvenirs.
La pensée, seule, torture et soulage.

Il me revient une musique de Benjamin Britten
qui éloigne les rivages
et enivre la mer.
J'attends les sorcières
et les nouveaux dieux :
Sur les cordes de son violon
un de nous, race damnée
allume l'adagio de Britten
sur chaque lettre de notre solitude.
D'antan, les visages fanés
maquillent mes déceptions
D'une nostalgie qui trompe.

La mer est mon horizon
que casse le regard
comme une brouillard
que la lumière s'efforce en vain
de disperser
27-11-2001

Tant de fois ma pensée
embrassa tes lèvres
abricots mûrs, qui exaltent
le vin résiné de Grèce.

Ce vin de mirages et de chagrin
qui enfièvre les désirs inaccomplis
poignées sanglantes sur les barques
les nuits impudiques de Kos,
lorsque l'été habille les corps
de transparence.
Alors, mon regard devient brouillard
et murmures pour humecter
la volupté des lieux obscurs.

Chaque pierre, chaque feuille, la terre
les traces des pas qui se rencontrent
et s' éloignent
recèlent l'osmose des caresses anonymes
noyés dans l'éphémère.
Mouvements nobles ton buste
se perd dans mes bras
et tes soupirs, chants qui irritent
la chair, brodent
des sillages sur mon corps
qui frémit.
Algues dorées, pèle mêle
tes cheveux
autour de deux étoilent bleues
qui exhument la douceur.
Je m'enfouis dans les secrets
de tes élans.
A chacun de tes sursauts, des fils d'or
fouettent mon visage.
J'accueille ton corps
dans le flottement de ma respiration.
30-11-2001

Je tisse les souvenirs
sur les *quartets* de Grieg
qui pleurent.
Ces nuits, désirs
ressuscités
brûlent comme le vitriol ....
01-12-2001

La musique de tes yeux
berce
les vers de ma poésie.
01-12-2001

Je traverse l'obscurité
de ton sourire
01-12-2001

Quand je traverse l'obscurité
de ton sourire
la musique de tes yeux
pleure sur les vers de ma poésie.
25-12-2001

Ton souvenir,
musique funèbre des disparus
plus lointains que les morts
remplit d'arabesques ma pensée.
Sur les dessins abstraits
figurant ton corps
comme ruée d'étoiles
qui brûlent ma nostalgie
mes doigts tentent de garder
ton absence.
L'absence ouvre
un trou noir, sans perspectives ni temps
un filigrane qui sépare
l'image de ses idoles,
l'homme de son humanité
pour le rendre diaphane.
08-12-2001

Oubli d' été

Sur les lignes de la douleur
je dépose la sueur de la mer.

Dans l'angoisse de la mort

il y a une lumière d'immortalité.

Sur la peau brûlée par la guerre
je dessine les traces de la souffrance.
9/10-12-2001

Je garde l'immensité de la pensée
dans la lumière d'un sourire.
Et ton haleine
sur les traces de mes paumes
poèmes de souvenirs.
Nous fêtons le monde
par les rêves.
13-12-2001.

Ombres blanches mes désirs
immobiles sur le sable hivernal de Kos.
Avec ce temps pluvial et solitaire.
Je suis là, dans la mobilité de ma pensée
triste comme le vide d'une chambre
qu'habitait jadis ton corps.
Sur le parquais, deux perles bleus
billes invisibles vibrent les souvenirs

et une peau brunie par le soleil.
Les grains mouillés du sable
mêlés à la musique des mouettes
qui annoncent la distance entre les lèvres.
Le crépuscule des sourires
gravite à présent devant mon horizon
nuit glaciale avant les fêtes
qui fêtent un adieu inaccompli
maintenu aux fils d'argent d'un espoir
sans espérance.
17-12-2001

Tu es revenue dans mes rêves
Electre de ma jeunesse
vieille comme l'attente de mon amour.
Elégie d'une union nuptiale
les mots de ma poésie
qui font d'une fuite
le *miserere* d'une obsession
de parfum de femme
trahi par la virilité d'autres corps.
17-12-2001

REQUIEM pour la mort de Jean DUA.

Sur la voie lactée
où brillent les âmes
je te reconnais par ta voix
rauque et coléreuse
avec tes bras ouverts
comme ailes d'accueil.

Dans l'ombre des dédales
où les âmes viennent chercher
le vin d'oubli
je laisserai les perles humides
de nos regards
par ton absence.

Ce printemps sera nostalgique
à la comborie
Ce printemps sera pauvre du rouge joyeux
des fraises des cerises.

Tu viens dans nos pensées
image d'un temps passé mécène de tes images ;

Tu viens comme un sanglot
inavoué
une larme cachée
pour ton départ définitif.

Il reste une odeur de toi
dans la chambre
un abandon, une tristesse
pour ton départ définitif
comme d'un mort .

Dans les mondes inconnus
de ton périple
je deviens le vent
d'une pensée
qui traverse
tant d'années de lumières.

Je t'apporterai
le parfum des cyprès
de la montagne
et la dernière image
de sa chapelle.

T'en souviens-tu ?

C'était un après-midi
à Kos
Ce septembre
sans retour.
18-12-2001.

Dans un silence qui doute
je cherche à imaginer ton Visage
transfiguré comme les perles diaphanes
de la pluie.

Seigneur,
Dans la fatigue du néant
dans la défaite de mes ambitions
sur la volupté de mes rêves
qui deviennent tourments et remords
Tu berces mes plaisirs
au rythme de ton Amour.

Ma nudité devient Rédemption
Et mon sang

la porphyre des damnés
mon royaume garde la profondeur de tes plaies
pour m'ouvrir à l'univers.
20-12-2001

Cette eau noire au port de Kos
qui a vu tes doigts ligotés aux miens
ton baiser salé par l'humidité de la mer
qui scella ton absence comme
sursaut sur mon torse
hantent mes insomnies
Tu as fui; tout est précaire
mais ta voix rétrécit ma pensée
aux frontières de l'éternité.

Tout espace infini
s'épuise dans la douleur
Temps et mouvement
complices
de l'immobilité de la mort.
20-12-2001

Il y avait un miroir d'acier dans Ton regard
comme l'incompréhension.
Et le temps suspendu à Tes paroles
Et après furent les Ténèbres.

Tetelestai
scellé par le sphinx tragique.
Jérusalem
assoiffé de sang et de sueur
Anéanti par le mystère.
21-12-2001

Ce rien
qui sème la solitude
d'une existence fleurie par les années
a le goût des eaux salantes
la boue mêlée aux soucis des nuages
qui espionnent le péché
déversent une nostalgie noyée.
21-12-2001

Le vide d'un désir, distance qui m'isole du monde
Un chandelier éteint bercé

au tic tac monotone du temps.
Le rêve parle sans paroles
image d'une monde qui revient
comme l'épiphanie de l'illusion.
22-12-2001

Dans la fantasmagorie de la lumière
un rien
complice du temps
prépare les noces
des ténèbres.
22-12-2001

Je me suis endormi
sur mes désirs inaccomplis
qui allument des étoiles.
A la litanie de la lumière
les souvenirs revivent.
Dans chaque larme
un mort renaît.
25-12-01

L'abandon me crucifie sur les murmures des vagues. L'hivers la volupté se drogue, à Kos, dans l'obscurité des ruines. Et les branches qui imitent notre nudité lamentent sur les soupirs inavoués que le dernier visiteur déserta.

Mes pensées mélangent les fontaines de Rome avec les marées salantes.

Ta voie devient le bruissement de mon insouciance, ces après midis sur la piazza Navona, quand dans ta paume tendue fleurissait la tendresse et ton rire se ricochait sur l'asphalte comme des perles ivres d'amour.

Tes paroles remplissant la lourdeur de tant d'années, emportent la légèreté du bonheur.

Au bout de mes doigts, l'affection de tes caresses devient poésie de la lumière qui dore la fatigue de mon visage.

L'été à Kos, tu transfères les fontaines de Rome qui embaument les flétrissures des amours fuyantes.

Je retrouverai la simplicité des illettrés qui écrivent avec des signes pour mettre dans les orgies de mon âme, la paix de ton regard.
25-12-2001.

Morceaux de spectre d'une attente inaccomplie
qui rend rauque la voix
Ces instants vides qui défilent
dans l'inanité de mon espoir
remplissent ma chambre.
Et la musique tragique de Britten
m'éloigne du monde.
27-12-2001

Musique funèbre de Mozart
sur les dalles brisées du désir
redessine ton image
Je submerge de tes bras
sculpté par la fièvre de tes caresses.
Les mots se cachent dans la poésie
par pudeur ou par nostalgie
comme le temps verse son argent
sur l' existence

et la rend absente.

30-12-2001

Lumières filantes d'étoiles mortes
les vieux solitaires,
la veille
du nouvel an
ils cherchent
l'écho du temps endormi
dans les ruines de l'existence.
Dans le grenier, l'humidité
a le goût du sel,
larmes répandues sur
les murs
pour embaumer le corps
et enivrer le cerveau
de quelques miettes
pensées sauvées in extremis
de l'Eros assassin.

31-12-2001.

Tu existes image enterrée dans le sable torride de Kos. L'hiver assassine les plaisirs. Extase sur la tombe des morts bien aimés. Dans la distance qui nous sépare, je mesure l'infini et l'éphémère. Il y a une éternité pour Dieu et une autre pour les morts. Il y a une éternité de la souffrance qui tue mon temps dans une fraction de mon existence.

Le rien me guette dans la prière matinale de mon exil.

Dans chaque cicatrice de ta peau se berne le plaisir embaumé par l'odeur des platanes et des cyprès.

Nocturne rapsodie tes yeux dans les ombres de nos amants.

Janvier 2001

Ton corps se perd dans l'infini

désertant les solstices des amours fuyantes.

Le désespoir est orphelin de lumière

Le cri réveille la douleur.

20-1-2001

Sur la terre aride

les cordes cassées d'un violon

obscurcissent l'insouciance.
Un baiser brisé brunit le feuillage
Et le parfum du silence
contamine l'humanité.
Tout est éphémère
mais se répète
comme les pluies tropicales.
20-01-2001

Sur ta photo
mon regard oublie la pudeur
et je deviens fluide
comme la volupté.
20-01-2001.

Les pierres exhalent un sang invisible
comme l'absence de pitié sur l'herbe.
Une silhouette habillée de soleil
m'enivre d'oubli.
Mon désir est aride
et dur comme la peau des prostituées
ternie au fourneau des haleines assoiffées.

Seigneur
sur tes plaies fleurissent
les lilas de la résurrection
Marie de Magdala parfume
les grottes des troglodytes
à l'ombre du soleil meurtrier
de mon espoir.

Seigneur
Dans le néant du doute
des timbales des souvenirs
animent les morts
dans la pensée.

Amour
ton toucher sèche
sur les rochers désertés par la mer.
Je dors aux psaumes du requiem
que compose ma volupté
lorsqu'elle visite les lieux
de nos amours.
Ligoté au reflet des vagues
qui rendent immobile ma parole

j'ensevelis les notes

de ta voix

L'écho de tes pas

départ définitif

devient

custode de lames d'acier

dispersées, comme des cendres aux vents.

20-01-2002.

Il est temps de mourir

sans monter aux étoiles.

23-01-2002

Un brin d'herbe

séché par le rire des amoureux

Une camomille

cueillie par les enfants

dans l'infini couloir

qui soupirent les âmes

23-01-2002

Les larmes et la musique

les fichus noirs

qui cachent les souvenirs
Et sur le couvercle du cercueil
la mort à mille visages
compose les échiquiers.
23-01-2002

Une vie qui chancelle
sur la pensée fuyante.
Elle allume ses étoiles
survolant l'éternité :
instant sans limites
qui clôt les horizons.
L'aède des temps
sculpte le silence.
31-01-2001.

Ton absence
glaciale comme le vent d'hiver à Kos
obscurcit mon regard.
Je suis les mémoires enfuies
dans le sable d'été.
Chaque année
les inconnus

remplissent les filets de désirs.
Je t'ai rencontré
dans l'humidité
des musiques nocturnes
qu'émettaient les feuillages.
Et l'odeur de ta peau
sentait la terre amoureuse
des pluies d'automne.
Sur mes paumes
j'ai écrit l'histoire du monde
ton sourire et ta mort.
06-02-2002

Ton image dans mes rêves
tue le temps.
Ces années où ton corps
mouillé dans les vagues nocturnes
des plages,
prenait l'odeur des figuiers
enlaçant les marais salants
veillent ta tombe.
Je rentre dans un hiver irréversible.
06-02-2002.

Notes d'amour
sur les cordes cassées
d'un violon
pleurent en silence.

J'ai noirci les miroirs
de nos souvenirs
lames d'acier qui assassinent
dans ma peau
d'anciens désirs.

Une heure. La nuit
l'hémisphère du théâtre de Dionysos
les arbres voyeurs
le marbre réceptacle de la fièvre.

A présent,
exilé dans l'oubli
les pensées me flagellent.

Sur le balcon,
un mégot séché
et ton briquet.

Tout recommence
sans résurrection
un tout illusoire
lueur vieillie
d'une longue vie pénible
épuisée
par l'envol instantané
d'un songe.
08-02-2002

Sur les draps souillés
des muses
des visages brisés
effacent la parole.
L'horreur s'attarda
sur le regard
d'un enfant assassiné.

A l'heure des amours
avec les sécrétions des feuilles
dans les jardins publics
un peintre apatride
peint des colombes.

Et après, *lux fiat*.
Le monde est si laid
à la lumière.
10-02-2002

Un obus s'éclata sur mes paumes
sang d'une pensée qui frémit
au bord d'une mer anonyme.
Dans le regard meurt le rêve.

Le désir,
paysage
opaque
comme l'oubli.
Ton corps
sur le sable de Kos
suintant
des gouttes dorées d'oeillets écarlates.
Perles et rubis
de mes nuits solitaires.
14-2-2002

Le temps
enfant blond de l'été
qui me défie.

Un écran noir
sans rêves
qui enterrent
les corps de
la vieillesse.

Sans gestes, ni cri
des soupirs séchés
sur les marbres anciens
du théâtre
une nuit d'été.

Lilas mauve
chaque « adieux »
des amours anonymes.
L'obscurité d'automne
et ses pluies
l'absence des morts
et des vivants d'un départ définitif

décor familier

de mon paysage

17-02-2002

Bribes de vies

oubliées sur les hivers

de Kos.

L'ombre des colombes

obscurcit le silence

du cimetière.

Le vent, la solitude et l'oubli

trois perles de pluie

qui visitent nos rêves.

Nous avons une île

où la mort est morte.

Où le temps est sans temps

où l'homme est sans visage.

23-02-2002

A présent, il nous reste

la poésie de notre rencontre

et le souvenir
des sommets de hurle-vents.
De ton absence
une poignée d'or tendre
et d'anneaux d'azur
images oubliées
sur l'iris de mes yeux.
Elle est amère, la salive
qui regorge
ton absence
adoucie
par les sueurs des corps
inconnus
pénombres
d'un chemin sans retour.
23-02-2002

Rocher froid, miroitant l'acier des vagues qui bernent les morts exquis. Rocher d'osmose entre le fantasme et le rêve. Je marque sur ton corps la volupté secrète des paroles.
02-03-2002

Moments vides comme l'épuisement après l'amour, près d'un corps sans mouvement. Vide comme une feuille blanche de remords qui n'osent à s'avouer, dans le brouillard de la virginité.

La virginité de l'inconnu comme la mort qui se veut invisible, portant pourtant tes traits.

Les trois regards attendrissant du monde. Gaia mère des dieux, Hécate, celle des mortels. Sur les cerises du Golgotha, un brin d'amertume assombrit le paysage. Séchées au soleil, les larmes de Marie deviennent colombes.

Sur tes lèvres mortes s'inscrit la vérité. L'Eternel est lumière et silence. Le doute me console. Je cherche l'espoir dans la nudité des corps. Je mes sens irréel comme un tableau de Dali. Toute perspective m'effraie.
10-03-2002

Tu viens avec la musique
la nuit qui m'envahit
comme une seconde vie

qui se repère
dans l'inspiration secrète
de mes fantasmes.
10-03-2002

J'oscille entre le tout
et le rien
je vis l'infini
dans le court espace
de tes bras.
10-03-2002

Le même marbre
et les nuits estivales
à Kos
L'absence de ton corps
attriste l'orchestre.
Spectateur et acteur
je me perds
dans la symphonie inachevée
du claire lune.
10-03-2002
Et après

je devient le décors
d'une comédie dépassée
d'une pièce usée
déjà avant sa performance.
10-03-2002

....

La mèche à huile
une icône.
La mer qui proteste
dans un paysage sans paroles.
La cellule..................

le désir noyé dans l'ascèse
l'immensité de la mort
dans le corps du petit frère.
19-03-2002

C'était comme l'ombre
d'un nuage qui passe
sans pluie,
les plaisirs
sur le sable de Kos.
19-03-2002

J'ai laissé ma mémoire
sur le feuillage
des arbres abandonnés.
Mon corps est transpercé
par les fragments
d'un miroir opaque
morceaux dispersés
aux assassins des plaisirs
qui tuent par indifférence.
19-03-2002

Un faible frémissement
trahit
la force de mes plaisirs.
19-03-2002

Ne regarde pas les étoiles
les larmes aux yeux
Tu chagrines les morts
qui veulent être oubliés.

Leur poudre dorée
qui devient pensée consolatrice

embellit les rêves

les jours de solitude.

L'attente

oubliée sur les objets

berce les traces

de quelqu'un-à-jamais-parti

que le regard

reconstitue

sur le mur

les jours de solitude.

20-03-2002

Le sommeil ne verse pas de larmes

dans les rêves de la séparation.

Un air funèbre

comme le bruissement des feuilles d'automne

requiem d'un espoir.

21-03-2002

Un adieu sans promesses
gravé sur la volupté des airs
que la nudité du corps
laisse sur les coquillages
21-03-2002

Dans une note d'un inconnu
oubliée sur les galets
la mer condensa les chants d'hiver
pour les nouveaux amants
des solstices estivales à venir
21-03-2001

Dans l'obscurité de l'insomnie
je cherche ton corps
Ma fièvre, la sueur
et la monotonie qui les dirige
composent un orchestre
plus sombre
que l'ombre
21-03-2002

Ce qui reste
après l'euphorie d'une volupté fuyante
c'est le feu rouge
qui brûle les pensées
25-03-2002

Dans la pénombre d'une fente
que dessinent les lèvres
papillons de mille couleurs
les amours interdites
meurent de pudeur.

Un éphèbe d'antan
Antinoüs de toujours
se donne la mort
dans les feuillages
que tissent
les désirs inavoués.

La durée d'un instant
achève le long temps
de la beauté
Rien que des cendres

et des regrets
26-03-2002

Un visage marbre comme l'expression d'un Dieu tué. Feu et ruines. La lumière des flammes, crépuscule d'un royaume en cendres. Couronnes et épines aux pieds d'Hécube.
C'est une ombre lumineuse le pouvoir essuyé par la pluie des cendres.
Sur les rides de la reine les souvenirs arrosent les souffrances.
Dans le palais Cassandre joue à la harpe la folie des temps qui berce le cadavre d'Astyanaxe.
Heureuse la mendiante de Troie qui parle au vent :
Sur ma paume,
la chair vieillie avant son heure .....
01-04-2002.

Le fils de Marie
ne joue plus avec nous.
Il sent les brebis
et la sueur du charpentier.
Il n'a gagné ni à l'arc ni au javelot.

Au crépuscule,

au jeu des nos idoles sombres avec la terre
son corps est sans ombre.
01-04-2002

La terre est grise comme la tristesse et sent la pourriture des cadavres. Aride par les malédictions des Mères n'a pas de patries. Elle est douleur aride qui prend sans enfanter.
La souffrance est démocratie qui n'épargne personne.
La mort est sa couleur et l'image de la femme déchue de mère annonce le néant.
Le néant est notre religion, notre foi est la guerre, notre jeu l'a mise à mort

Sur les branches qui cachent les corps desséchés, dans la paume crispée un cri étouffé célèbre le triomphe de la mort.
Sur les larmes d'une Mère se reflète la tendresse du monde, assassinée au regard d'une enfant qui n'a pas vieilli .

Les mots décrivent ; les images blessent, les larmes soulagent.

Mère du soldat péri, terre aride de cimetière qui tricote la mélancolie des nuits sans lune.
05-04-2002

Pour MARCEL Mort le Vendredi 25 avril 2002

Il pleut sur les mémoires, une pluie de silence et des sourires orgueilleux comme ton regard assoiffé .
Un crépuscule scelle ta bouche aride de paroles qui cherchent une dignité rare.
Le monde est affaibli par ton absence. Nous sommes une ombre qui perdit sa densité.
Seul l'espace invisible nous sépare, interdit par le néant.
Tu es dans chaque de tes mots laissés aux rives des souvenirs.
Dans ton sang gelé, dans l'inertie de tes mouvements invisibles à nos yeux pluvieux, sur ta peau, festin du monde souterrain, ta pensée vibre sur les solstices d'un hiver veuf.

Nous sommes la poignée de sable que dore le soleil d'une Grèce Estivale, car ta patrie est celle des héros.

Tout finit aux échos d'un Orgue, chiffrant et déchiffrant le bilan d'une vie.

Aux ténèbres qui dissolvent ton corps, lumière de lune de mort une prière peint des espoirs

L'oubli oublié sur tes pensées inachevés prépare ses orgies.

29-04-2002

Qui viendra emporter les souvenirs qui blessent ?

....

Seigneur

La musique pour tes prières enivre la douleur des vents et le silence des secrets qui charment le monde.

Tes épines tracent la consolation de ma solitude, dans les nuits d'automne à Kos, lorsque les fantômes reviennent et me blessent.

Sur le balcon, l'immensité de la nuit rejoint celle de ton silence qui donne lumière aux étoiles.

Ma pensée est chaude car elle ressuscite les anges de la jeunesse.
Mon regard assombrit sur le sourire de Ta Mère qui prélude l' amertume.
Ma poésie trahit la soif de la mer à l'accueil des corps nus qui déchirent les viscères. Elle est nostalgie de ces amours sans nom, enfuies par le temps dans le sable.

J'ai laissé mon cœur à Kos que je retrouve chaque été dans le désir de mes désirs.

Seigneur, chaque lettre de Ton Nom devient pénombre qui abrite ma démesure.

Au sommeil, la pensée s'évanouit dans le néant.

Je danse autour d'un arbre qui pleure car ses écorces suintent mes péchés. Le regard des autres m'habille de désespoir

Je ne cache pas la nudité de mes angoisses que dore le soleil purificateur de l'été.

Sur le sable mouillé reste le vide de ton absence comme un verre non-rempli de souvenirs.
10-05-2002

Tes doigts sur ton mon corps humide de volupté. La musique des fados qui me transporte dans un univers sans images et résout mon corps en millions de grains d'inconscience.
Seul le geste d'amour fleurit au delà de nos tombes comme un arc-en-ciel sur les front des enfants.
Mes angoissent arrosent les pierres et rendent le sol aride.
Elles déforment la sérénité qui nourrit l'espoir sur les ruines des hommes.
20-05-2002

Seigneur,

Mes prières sont sans paroles, mes pensées, éclairées par Ton Amour, sans ombre.
L'espoir traverse le silence hanté par le néant.

Le rire effleure la caresse de ta grâce.
Sur la tête des humbles je trouve de tes épines dorées par la liberté de notre pauvreté. Tout nous appartient dans la victoire de l'éphémère.
La mort est le butin, envol d'un oiseau qui perche dans nos viscères.
Dans l'aurifère de ton regard, l'espace du monde s'ouvre à l'infini de ton sourire.
20-5-2002

C'est court le souvenir ; il berce pourtant un temps infini, celui qui remplit les nuits humides de solitude hivernale, lorsque tout se répète comme une danse macabre au deuil des lumières.
25-05-2002

Il y a toutes les couleurs dans tes yeux
innocentes et coupables. Et la fraîcheur
de l'herbe d'été
humectée par les corps nus qui luttent.
25-05-2002

Les larmes ont leur propre langage et le goût des algues
qui bercent les souvenirs
Les larmes des sourires sont des lumières d'espoir ; les
larmes de la nuit mènent au néant.
Il pleut dans les paysages ; le regard pleure et le vent
sèche pluie et larmes sur les tombes de nos fantasmes.
Un après-midi mélancolique comme le visage mouillé
d'une fille muette qui perdit son amour.
Il n' y a pas de larmes sans amour.
29-05-2002

Il y a une église sans icônes
La voie lactée sans étoiles.
Tes yeux sans paroles
et ta présence
ombre
qui dissout à la déception
d'une après-midi.
Seul le souvenir
d'une existence ne disparaît pas
30-05-2002

La mort assassine sans paroles

ni exhibition.
Est-ce qu'il aime celui qui prend
dans son tourbillon définitif ?
30-05-2002

Ce ne sont pas les pierres qui pleurent
dans le théâtre de Dionysos à Kos
C'est le vent qui revient
de ce soir
où la sueur de ton corps
sillonna la saveur de mes lèvres.
C'était triste comme un adieu
l'après-midi sur la montagne
et ce bleu de ton regard
devient une poésie matinale.
30-05-2002

La douleur n'entend pas la musique
mugissement des corps qui pleurent.
Elle a un regard noir
comme l'orage qui se déchaîne
sur l'asphalte.
05-06-2002

Sur le Golgotha
le vide de la douleur est rempli par les orties et les fleurs sauvages .
La tristesse est mauve
comme le mystère de tes yeux
Versée sur les trente pièces d'argent
Un pendu
écrit l'humanité du monde

Dans les camps de concentration
les fantômes battent les cymbales
et les anachorètes
dansent aux élégies de l'horreur.
Rien ne se dit depuis lors
quelques pierres et
des urnes d'ossements
décorent le silence.
Quelques saducéens cherchèrent
le corps du Christ.
Il n'y pas de résurrection
dans les fosses communes
Seule la voie d'un Dieu abandonné
dans sa souffrance.

Rien ne change
seule la larme d'une rescapée
abreuve un nourrisson.

L'humanité
s'est échue de l'Infini.
07-06-2002

La joie fait fleurir des roses
sur tes joues d'albâtre

Entre deux moments
qui échappent de tes lèvres
une cicatrice-sentinelle
se remplit de volupté.

Troubadour de mes anciennes amours
une nostalgie
de rêves diaphanes
évoque ta nudité.
L'exil est une terre sans nom
qui enterre les désirs.
08-06-2002

Aux son d'une musique inhumaine
accompagnée d'une lumière artificielle
les morts se recueillent en pleurant
Le monde perdit son authenticité.

Je berce ma pensée dans l'insomnie
lorsque tu viens pour ne plus fuir
comme toute volupté qui s'ouvre au désir.
L'absence est un manque qui fait souffrir
un corps, gardien de mémoire
de ces baisers enracinés comme fièvre
dans ma chair.
19-09-2002

La nuit réveille les morts et les désirs
dans une obscurité qu'illumine le regard
nostalgique des absents.
Seule la pensée contient l'éternité.
20-092002

L'éternité, c'est l'eau des chimères
qui ne revient à source
toujours en avant

comme le temps

qui tue le passé

L'éternité vient du meurtre des temps

qui retient la mémoire

dans chaque instant qui passe.

L’éternité, c’est le désir

dans l’enclos de la nostalgie

lorsque mort, il revit dans la pensée.

L’eau et le temps forment l’éternité.

Ce sont tes deux bras croisés sur ma tête

comme couronne de l’éphémère

qui disparaît et fait vibrer

l’éternité.

Sur ton corps, humide par les sueurs de volupté, et les halos de tes soupirs que le temps m’assassine. Les tourments comme Erinyes viennent vibrer mon corps.

L’eau de la mer toujours présente qui va et vient, d’un fond insondable comme la pensée qui désire, c’est l’éternité

Ces instants où glisse ton corps sur les désirs de mes pensées
et les pensées qui désirent te retrouver...
La parole est scellée par le désir.
La nostalgie grandit dans ton absence.
24-09-2002

La vie amère caresse un mystère qui me plonge dans un labyrinthe sans lumière. Un ciel sans lumière est un orphelinat sans Dieu.

Dieu se cache dans les notes de l'univers Les couleurs des solstices s'allument à son sourire. Et la rosée matinale trahit ses larmes.

Dieu est venu dans mes rêves ce soir, comme une perle de lumière.
La nuit a la volupté de l'absence.
26-09-2002

Le vide et le silence bercent mes désirs aux bruissements des images d'antan. Je trébuche comme les vagues qui

vomissent ses enfants sur les rochers et la sable. Le regard de l'autre brille, acier de sans-souci.
Mes rêves dorment dans le rien de l'indifférence.
8-10-2002

La nuit allume les images des moments qui nous passionnent. J'accueille la nostalgie comme un parfum qui tue.

Beaux chevaliers de mes fantasmes, vous plongez dans une piscine illuminée de rêves. Fluides comme les moments qui enivrent et me trahissent. Seul mon corps reflète l'attente .

Il y a les moments, comme les points de peintures qui composent la beauté d'une image. Je vis à travers les tâches du temps qui s'appellent moments.

Beaux chevaliers de mes fantasmes, oubliés dans d'autres bras, Amours fugaces, cellules de ma peau qui déchirent la mémoire

Je suis dans la mémoire de quelques instants irrépétables. C'est dans mes désirs que je m'élève du fini. Nu dans les bras nus , pleins de sueur qu'arrosent mes soupirs

Chacune de tes caresses était le vin de mémoire. Chacun de tes baisers, une fièvre.
C'était un moment suspendu aux flammes de ta peau.

Dans les moments remplis je garde le sel de mes hivers.

Je suis maudit comme la louve qui déchire de rage ses enfants

Je suis maudit comme le plaisir cagoulé dans le cortège des suppliciés. A travers la douleur je me perds dans dynes d'amours.

Effacez bras d'acier les signes de la faiblesse.
08-10-2002

Il reste le sel des nuits de Kos et la nostalgie d'absence qui brûle le corps.

Il reste la mémoire de tes baisers sur ma peau et la solitude

Il reste un sourire glacé dans la vison du monde que tu remplis les nuits d'insomnie.

Mon corps vieillit, seul tes baisers oubliés sur la chair gardent leur jeunesse.
Lorsque je suffoque dans la nuit, je respire la sueur de ma peau qui a gardé à jamais ton parfum ;
il ne fallait pas ouvrir les yeux lorsque ton désir expira sur ma nuque.
8-10-2002

Il y a...
Il y a une musique tragique qui remplit la pensée lorsque les disparus-à-jamais reviennent comme souvenirs.
? 10-2002

Venez chevaliers à torse nu, transpirant, luisant comme les pièces d'or, péché de l'humanité qui enfante ses dragons.

Je t'attends...... je respire le vent salé des marées et de la solitude. Il y a une souffrance mêlée à la volupté qui vibre mon corps à ta venue.

Tu viens chaque soir, ombre intime, fragile comme le mouvement de ma pensée qui déserte ton souvenir.

Loin... invisible tu remplis la chambre et ma pensée. Je m'exile sur d'autres bras en quête de l'humidité de tes lèvres scellant ma fougue.
15-10-2002

Ce qui reste, amour fugitif d'une nuit d'été à Kos, c'est ton parfum qui fait de l'ennui quotidien une douce nostalgie.
15-10-2002

Toute l'existence s'accroche aux frémissements de quelques plaisirs anonymes dans l'obscurité.
Et après
la tristesse nostalgique.
19-10-2002.

Toute l'attente s'est dispersée aux soupirs d'un plaisir
19-10-2002

Le chemin vers la montage garde ton corps et le vent de cette nuit porte ton odeur jusqu'à ma chambre d'exil.

Les couleurs dans l'eau de la piscine émettent la lumière de ton sourire, et sur mes mains une chaleur froide maintient désespérément l'absence de ta caresse.

Sont desséchées mes lèvres. L'humidité de ta chair devient fièvre nocturne qui parle en poésie.
Cette fièvre du corps-à-corps, tourbillon de volupté ; ivresse de rage, la fièvre de ton absence.

J'essaie d'oublier ma mémoire où tu débordes. La nuit, je compte les signes de tes lèvres sur mon corps, cendres d'amours éphémères. Tout s'arrête à quelques vers qui saignent.
22-10-2002

Dans l'extase qui danse autour de nos corps, le désir devient lumière dans le paysage obscur des nuits de Kos.

Elle est remplie de souvenirs verts d'été qui fourmillent dans les pensées érotiques de ma solitude. Amours mortes des vivants et morts d'amour-qui-dure.

Il me reste au bout des lèvres, emprisonné, le goût de vos baisers, amours éphémères des nuits de Kos.
22-10-2002

Plaies sur mon corps les amours d'été à Kos, soleils qui brûlent encore mon corps.
Bleu de mer, de mes rêves, de ma poésie, bleu rongé par le désir des corps nus
Grains de sable, lames d'acier

Sur la terre chauve, la pluie asperge sa tristesse. Mon chevalier est mort d'ivresse. Il reste la musique qui m'emporte comme l'ange qu'il tant aimé.
Absence de parole sa mort, immense comme la minute d'hier perdue dans le tourbillon du temps.
Elle est belle la mort lorsqu'elle s'habille de ton visage et porte les boucles de tes cheveux.

Tout recommence au moment où un désir éteint devient l'espoir d'une nouvelles rencontre, l'été à Kos, parfumée au pins et aux herbes du jardin.
L'horizon devient irréel. Tout m'indiffère.

Je veux dormir sur le corps que j'ai tant aimé.

Ma pensée voyage dans le dédale de l'obsession.

Tout recommence joies et douleurs. Seul le visage décline.

Dans l'obscurité du sommeil la pensée chante l'espoir.
23-10-2002

Tu viens et tu reviens comme une épée incandescente qui déchire chair et pensée. La lune saigne ta volupté.
24-10-2002
J'ai oublié mon sourire sur les branches chauves des lauriers .
Le souvenir est une caresse divine pour ressusciter les morts.

Je place mes parole sur le silence de la mer.

Il faut pleurer les morts ; c'est le baume de notre amour.
Même les mort en sont assoiffés.

Seigneur, je devine ta voix dans le sourire d'un moribond.
25-10-2002

Il manque le temps de mourir.
Odeur de la terre inondée par tant de rêves.....
La mémoire n'a pas de paysage. Elle traverse le vide de l'oubli et illumine les espoirs.
C'est le temps de la guerre.
26-10-2002

Il y a le même silence avant la mort et juste après.
Il a l'odeur des pins qui témoignent d'amour
et l'humidité de la terre hivernale.
Les bras ouverts du silence remplissent ton regard
oublié sur l'été de Kos.
L'enfer est le tombeau sans souvenirs.
1-11-2002

Il y a un temps où tout devient souvenir fugitif, papillon qui tourne autour des tombeaux, humectant, à la fête des morts, le pollen des fleurs.

Si je pouvais deviner à travers l'opacité des stèles, les désirs des morts.

Si les archanges venaient ouvrir les tombes... Je ne veux pas la résurrection, mais le temps en arrière. Amours anciennes rajeunies par le miracle de la mort du temps.

J'oscille entre mes années de lumière et une vieillesse qui m'occulte.

Fleurir les tombes
un adieu qui se renouvelle à l'éphémère d'un parfum
poudré de souvenirs .

Et la nuit, dans une chambre, l'âme s'unit au corps céleste du défunt pour déclamer ses poèmes.
Les mots sont non- dits trempés dans l'amertume.
Une distance rend la mort onirique.
03-11-2002

La nuit habilla les vagues de la mer
et le vent emprunta le craquement des branches mortes
ton sourire se faufila dans l'eau stagnante de mes désirs.
Seul
et
le sable de Kos, l'hiver
sans volupté ni fantasmes
et
les carcasses des oiseaux qui narguent
les vieux souvenirs
des amours inachevées.
07-11-2002

Seigneur
ton visage devint pluie et herbe dans l'attente d'une
consolation.

Je te cherche parmi les étoiles, dans le cri d'un enfant qui
vient de naître, sur la goutte de lait qui aligne ses lèvres.
La caresse de la mer réveille ton souffle.
Tu es musique à l'écoute du monde.
07-10-2002

Et demain soir

tu rempliras le vide d'une nécessité
de vivre.

Le temps allonge le temps
comme les sueurs qui prolongent les rêves
de ceux devenus irréels
comme s'ils n'avaient jamais existé
comme s'ils étaient le cadeau d'une fièvre
qui efface les formes et les couleurs.
07-11-2002

Sans nous
l'immensité de la mer est un linceul
et le sable
inhospitalier aux rêves.

Sans nous
le paysage est sans expression
et le vent
un ivrogne qui déambule.

Sans nous
la vie est sans musique
et la lumière pétrifiée
sur le dos des hurlevants
cherche des trous noirs

Sans nous
l'être est sans visage.
08-11-2002

Les mots sans corps
ni ossature
que la pensée imprime
sur tant de lèvres éphémères.
Les mots gravés sur les tombes
et le cris d'alarme
les mots qui papillonnent
sur le front d'un nourrisson
que le poète sculpte
dans la mémoire des lumières
font l'éternité.

Des vagues naissent et se répètent
en formes et en couleurs qui grognent
sur nos corps
Dans cette intervalle
où la douleur efface nos visages
l'éternité écrit les notes
d'une nouvelle naissance.
09-11-2002

Il y a un temps pour tout

Dans le regard
du vieil homme
rivé aux rochers abandonnés
du vide
l'éternité dort sans rêves
10-11-2002

Tout s'arrête à l'arrêt d'un souffle
Une vie qui devient souvenir
Un sourire qui se glace

Sur le vitrail d'une séparation définitive

Et le temps

Où seul le passé est vivant

Un présent assassiné par le Destin.

25-05-2003.

Miettes sur l'herbe solitaire du jardin

La mémoire figée des morts

Désirs cassés et l'acier du définitif

Volupté comme nécrologie dans les arbres

Où le corps s'efforce de garder sa jeunesse.

Le sel de la mer, ce soir, de mai

brisant le vent convive de ton odeur

sèche les brins de mer sur ton nombril.

Les souvenirs n'ont pas d'histoire

En quête d'éternité

Ils font partie du rêve.

Ton corps nu, lacéré par les désirs

Avec son fièvre sous signe de gouttes

D'une mer qui m'envahit et m'enivre

Et une musique effrénée, sauvage
Comme ma rage sur ta nuque
Gibier de mes pulsions.

Le temps nous trahit et nous remplit de morts
On s'éloigne…
Sur la terre aride des rochers
Les crabes dévorent nos illusions.

Illusion de te garder
Sur l'instant du plaisir
Sur la morsure de ta bouche humide
Par la hantise de mes baisers.

On n'entend pas les morts
La chaleur de nos haleines
Les emportent
A l'inconnu.
10-06-2003

Il y a une distance
Qui nous sépare
Entre le terminus et l'infini

Comprise dans la ligne de la mort

En filigrane

Au regard de la vie.

11-06-2003

Juste la veille

Les Etoiles enivraient les ambitions

Dans les paroles

Le néant guette

Vent de mots glacial

Comme le cri d'une mouette qui agonise

La mort n'a pas de couleurs ni de sentiments

Un écran vide

Une absence

Un malaise imperceptible

Un amour assassiné.

Dans le néant, je te trouverai….

Avec les bras ouverts

Signe d'amour.

Absence

Et les oiseaux invisibles

Qui crient.
11-06-2003

Tu renverses le temps
Dans les rêves
Aux portes du néant la poésie chante
11-06-2003

L’amour compose
les notes de l’infini
07-10-2003

Seul l’amour
Est liberté absolue.

Nos morts
Sont des paysages immobiles
Dans les photos
Et nos souvenirs.
Ils sont et ils ont été
Images qui traversent l’univers
Sans retour.

Et cette pluie en or
Et d'étoiles
C'est Dieu qui pleure.
Le vide de cet été
Deux bras qui s'ouvrent
Dans l'osmose de l'indifférence
Et de la douleur.

Mon corps brisé
En mille corps
Transpercé par la mélancolie
De Lizte transcrite sur ses notes.

Il ne reste rien de cet été
Même pas le vent qui nourrit les souvenirs
Il y a la mort des morts
Et celle des vivants.
09-10-2003

La mort de la mère
A éteint les étoiles
Elle avorta la mémoire
De ses rêves.

Et les souvenirs

Ont le goût salé d'une consolation

Qui souffre de douleur.

Il n' y pas d'enfance

Sans mère.

09-10-2003

La douleur assassinée

A côté du plaisir

Dans un paysage

Sans fin.

A la naissance de l'automne.

Orphelines les marais salants

Sans oiseaux ni visiteurs.

La cabane vide et prometteuse

Pour les autres années.

Seul le corps vieillit

Avec les souvenirs si jeunes

Et des désirs irréalisables.

Un sourire amer court

La mer agitée de l'hiver

Déserte comme le cœur d'un vieillard
Sur les galets un bruit de vie
Par les images laissées d'été.
Nostalgie et rancune
Pour le temps qui tue
En nous laissant vivants.

Le silence bâillonna la musique
D'autres jours devenus irréels
Tout passe sauf les souvenirs
Qui gardent une jeunesse illusoire
Blessée aux premiers coups
De l'éternel retour.
12-10-2003

La souffrance est sans paroles.
Elle a une musique
qui fouette la mer
et gèle le regard.
18-10-2003 .

Un visage
cassé par le vent

et les ténèbres d'hivers

qui m'envahissent.

Je m'éloigne...

triste Kos qui garde mes secrets !

et mes plaisirs.

Tu es là et ma pensée illumine ton visage. Sans te parler, j'écoute la musique de tes désirs sur la nudité de mon corps et la sueur des nuits d'été.

Nous sommes passé, désincarnés; une feuille noyée dans les marais salants.

A MA MERE

A l'abri du temps, ton visage ma mère, se cacha sur l'amertume de mes lèvres.

Tu reviens, à chaque ivresse de ma souffrance, comme le vent d'hiver qui glace

La nostalgie. Comme une promesse qui trompe.

Te reverrai-je dans l'éternité ?

18-10-2003

J'ai fermé la vie dans un regard

Mémoire du temps, la mort.

Mots de sang.

Chagrin de paroles.

Le silence déchire le temps

L'avenir est le passé des souvenirs

07-03-2004

Le rêve s'endormit

sur le silence des fleurs

d'un vendredi saint.

Il y a des perles de pluie

dans le regard.

Entre les lèvres

Les mots restent prisonniers.

J'écoute les battements de mon coeur

Résonner

A l'infini de l'amour

Cloîtré

Par deux mains qui s'éloignent.

31-03-2004

Notes cassées

D'une sarabande

Sur l'immobilité enneigée

De mon paysage.

Arbres sans parfum

Cosmopolites

Comme des pensées

Perdues dans le brouillard.

Désirs parsemés

Clandestins

Dans le bruits des tambours.

Seule la douleur

Embrasse l'humanité

Sourire narguant

La nudité des corps.

26-12-2004

Le premier du nouvel an

Les morts allument les pensées

Pour subjuguer l'oubli

Et faire revivre les rêves

De l'autre côté
Les larmes servent
De billes aux Archanges
Pour jouer
Avec les étoiles filantes
01-01-2005

Toute la passion
Dans la fissure entre les deux lèvres.
Une pensée immense
Qui brûle l'herbe séchée de l'été.
Le corps nu sur la terre molle
Par la pluie.
Les désirs fourmillent dans la chair
Au souvenir des anciens amours
Sur la plage, dans les jardins.

Kos humide par la tristesse
D'un éphémère sans retour.
Un corps infirme
Des yeux sans spectres.
Voix sans paroles
Des enfants orphelins.

Les vieillards qui comptent les jours
Sur les ossements des défunts.

Les cadavres d’une Nature qui assassine
Sans pitié.
Le temps qui nous séparent des bien-aimés
La solitude à l’Horizon.
Les fleurs à Pâques sur Kos
Qu’a massacrées le tourisme.

Les Anges de la poésie
Célèbre la litanie du Monde
A l’usine du coca.
19-02-2004

Un paysage sans perspective
Diaphane
Comme le soleil en papier
Dans la chambre d’enfants
Irréel comme le mort
Qui s’incarne dans le désir.

Absence

Des rêves assassinés

Sur les rides

Des vieillards qui complotent contre la mort.

Le temps devient éternité

Sur la peau d'un Antineüs.

15-03-2005

Ton Visage

Incarné dans nos voix

Et le silence de nos pensées

Qui s'habillent de doutes.

J'ouvre mes bras

Comme les ailes

Qui chassent les souvenirs.

Je suis un moment

Qui fige les mémoires.

Un soupir

Qui scelle le défilé

De tant d'années passées.

Je gis sur le même sable

Inassouvi de corps nus.

08-04-2005

Tu es l'eau

Qui s'échappe des doigts ouverts

Et ce soleil qui brûle la peau

Secret de cette pensée

Qui cherche son origine. Sans doute

Es-tu le craquement des branches

Qui tombent.

Le bruit d'une mer qui éclate

Sur les pierres-éponges.

08-04-2005

Seigneur

Ma prière reste au néant

Scellée de doutes.

Je te cherche dans

Le silence des questions.

08-04-2005

Au-delà des étoiles

Une bande noire
Qui efface la lumière
Et un nectar qui berce
La pensée.
8-04-2005

La poignée serre le vide.

De l'autre côté…
Ténèbres et lumière.

La volupté
Berce les non-dits.

Ton Visage Electre
Comme un souffle de vent.

Figé dans les souvenirs
A l'abri des désirs
Electre, frisson d'antan
Un mensonge qui pleure
Comme le souffle du vent.
10-04-2005

Un cadre vide
Dans les marais salants de Kos
Enfui sous la terre argentée
Des rives.

Le vent sur mon visage
Et les cycles de gouttes de pluie
D'une Pâques comme les autres.
La figure qui vient
Et l'autre qui passe.

Dans ma pensée les fantômes..

Image d'une création achevée
Un « je t'aime inachevé »
Par le silence.

Je laisse parler mes pensées
Récupérées dans la poussière,
De mon balcon
Tous les ans
Plus de tristesse
Plus de distance

Je suis comme une dérogation.

Je mûris comme les désirs
Opaque par l'humidité
de l'émotion.

Entre les goélands
Et mes pieds mouillés dans
Le marais salant
Me nargue la liberté
18-05-2005

Paysage hivernal
Seul le temps
Emporte les rêves
Des pensées glacées.
22-05-2005.

Après cette pluie de printemps
Les yeux mouillés de ton absence
L'herbe sent le parfum de tes pas
Et les coquelicots dans les ruines
La joie que tu m'as donnée de ton vivant

Bien-aimé de jour de dimanche

Tout est là comme toujours
Même ton absence.

Le temps ne fait pas vieillir les morts
Le silence a toujours le même langage
16-06-2005

Les ailes des flamants roses
Percent la mémoire
De mes morts tôt partis.
Chacun est propriétaire de sa mort
Et la mort propriétaire de tous.
18-06-2005

Les années sans retour
Pétrifiées dans le sel et le sable
Des marais salants.

J'ai oublié les mots
Sur les racines des arbres.
Volupté errante

Et orpheline

D'un corps

Bercé d'illusions.

Désir assoiffé de terre

Béante de cruauté

Et d'indulgence.

18-06-2005

Rien ne commence

Où s'arrête la volupté

Inconnu, parole sans voix

Lettres sur un écran

Sans désirs qu'exhume le désir.

Lointain

Comme la musique de Schubert

Qui se perd

Dans l'échec d'une connaissance.

29-10-2005

Tu partiras comme un silence

Qui laisse la nostalgie inachevée.

Dans l'obscurité.

Le souvenir devient lumière
D'un plaisir manqué,
d'une volupté qui attend.
04-11-2005

J'enferme dans mon silence
les mots qui croisent notre nudité.
Ton haleine comme hirondelle
Petrie de désir
Traverse le creux de ma volupté.
Tu viens comme le vent des marais salants
Qui assoiffent la rage
D'un désir inaccompli.
08-02-2006

Je décline
Comme l'étoile filante
Qui cherche son origine

Dans l'univers rétréci
De mes lèvres
Ton nom
S'envole comme lumière

Vers l'infini.

22-05-2006

Cri

Cri de terre

Avec l'odeur de camomille

D'automne.

Cri d'absence qui heurte le vent.

Les murmures du crépuscule

Me remplissent de ton ivresse.

J'étouffe mes cris

A la sérénade

De tes souvenirs.

Tu deviens nostalgie

A l'approche de la nuit

Dans la citadelle d'Antimacheia

25-05-2006

Tu as toujours le même sourire

Comme les étés de Kos

Quand le scinde le soleil.

26-5-06

Je compte le temps
Sur les fissures de tes lèvres
Qui sillonnent ma volupté.
Les paroles sentent
L'arôme de ton haleine.
Immensité
Tu remplis l'immensité
De mes hésitations.
Tu unis les chemins
De mes larmes
Et de mes sourires.

25-05-2006

Tu loges
Dans ma paume
Comme
Le spectre d'un rayon
Qui raconte
Les secrets du soleil.

25-05-2006

Une nuit..

Un silence…

Une ombre…

Le spectre cassé…

Le visage de Joseph transparent

Une île sans attente.

Sans lui l'abîme.

La pluie sonne l'amour

La dernière image

Le sourire de Joseph

Le temps pluvieux

et ma solitude

30-05-2006

Il me reste

Les sons de ta voix

Dans l'espace vide

De mes pensées.

Ton absence

A la couleur

Des nénuphars.

17-05-2006

Sur les camomilles

De ton sourire

La brume obscurcit ton visage

Et les images t'emportent loin.

Arbre sans l'ombre

De tes regards.

Mon horizon

Fontaine de l'eau amère

Tes pensées.

Je me perds

Dans le brouillard de ton absence.

13-09-2006

Du même auteur

publiés par Buenos Books International

L'oracle, Pièce de théâtre inspirée de la Tragédie Grecque

Les Grandes Questions de la Philosophie Pénale

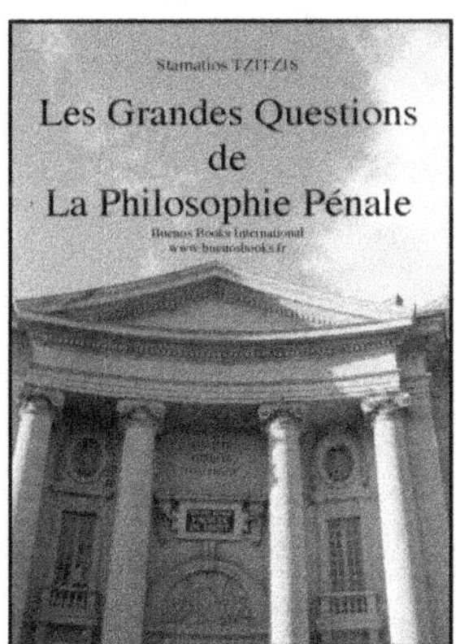

Autres ouvrages
Publiés par Buenos Books International

Poésie de la vie, par Eva Lavie

Saintes Pilules, Eva Lavie

www.ingramcontent.com/pod-product-compliance
Lightning Source LLC
LaVergne TN
LVHW010937110826
845149LV00013B/2636

* 9 7 8 2 9 1 5 4 9 5 4 4 7 *